D1421650

M. RIGOLO
et la lampe magique

Collection
MONSIEUR MADAME PAILLETTES

MONSIEUR   MADAME

M. RIGOLO
et la lampe magique

Roger Hargreaves

Écrit et illustré par Adam Hargreaves

hachette
JEUNESSE

Monsieur Rigolo vivait dans une théière.

Une maison théière.

Je t'entends déjà dire que c'est ridicule,
mais c'était une maison parfaite pour monsieur Rigolo.

Par une belle journée de printemps,
monsieur Rigolo découvrit un vieux coffre
dans son grenier situé sous le couvercle
de sa maison théière.

Et au fond de ce coffre, il dénicha un tapis.

Un tapis spécial… Un tapis magique…
Un tapis volant !

Ravi de sa trouvaille, monsieur Rigolo décida
aussitôt de faire un petit voyage pour voir
où son tapis volant l'emmènerait.

Et c'est ainsi que commença l'aventure
de monsieur Rigolo… en ce beau matin
de printemps.

Monsieur Rigolo survola d'abord la maison
de monsieur Endormi qu'il réveilla à grands bruits.
Il en profita pour lui faire de drôles de grimaces.

Monsieur Endormi rit tellement qu'il tomba
de son lit.

Monsieur Rigolo survola ensuite la maison
de monsieur Maigre qu'il fit tellement rire
que monsieur Maigre trébucha contre une pâquerette
et lâcha la miette de pain qu'il avait mise
dans son panier à pique-nique.

Puis, il survola la maison de monsieur Atchoum qu'il fit tellement rire que monsieur Atchoum cessa d'éternuer.

Le tapis volant l'emmena ici et là…
Monsieur Rigolo passa au-dessus des montagnes,
des vallées et de la mer, jusqu'à ce qu'il atteigne
le désert.

Mais là, il n'y avait plus personne.
Plus personne pour rire aux grimaces
de monsieur Rigolo.

Il était sur le point de repartir lorsqu'il aperçut
un objet brillant enfoui dans le sable.
C'était une lampe.

« Qu'est-ce que c'est que cette vieille lampe »
se demanda-t-il en la frottant pour la nettoyer.

Soudain... un coup de tonnerre retentit,
un nuage de fumée rose se forma
et un génie apparut devant monsieur Rigolo.

Monsieur Rigolo remarqua aussitôt l'air malheureux du génie. Il n'avait jamais vu quelqu'un d'aussi triste.

« Maître ! Je suis le génie de la lampe et j'apparais devant vous pour vous accorder trois souhaits. »

À la grande surprise du génie, monsieur Rigolo lui répondit par une de ses fameuses grimaces.

Mais le génie ne rit pas.

Il ne sourit même pas... pas d'un poil.

« Oh ! soupira monsieur Rigolo. Il va me falloir plus d'une grimace pour décrocher un sourire à ce génie. »

Soudain, il eut une idée.

« Pour mon premier vœu, je voudrais qu'un éléphant joue du piano. »

« Bien, Maître ! » dit le génie.

Et avant que tu puisses dire « Tabouret de piano cassé », un éléphant jouant du piano apparut devant eux.

Monsieur Rigolo éclata de rire. Il faut dire que c'était très drôle !

Mais ce n'était pas assez drôle pour faire rire
le génie.

Il semblait même encore plus triste qu'avant.

Monsieur Rigolo eut une autre idée.

« Pour mon deuxième vœu, je voudrais une souris. »

Et avant que tu puisses dire « souricette grisounette
coquinette », une souris apparut devant eux.

Et comme tu le sais certainement, les éléphants
ont peur des souris.

La trompe de l'éléphant se mit à trembler,
puis bientôt ce fut l'éléphant tout entier qui trembla.
Il sauta sur le piano qui s'écroula sous son poids.

Monsieur Rigolo n'en pouvait plus de rire.

« C'est si drôle ! »

« Pas vraiment », dit le génie qui semblait
encore plus triste qu'avant.

« Vous êtes décidément très triste »,
lui dit monsieur Rigolo.

« Vous le seriez aussi si vous aviez vécu
dans cette lampe ! »

« C'est vrai que ça doit être serré »,
admit monsieur Rigolo.

« C'est peu de le dire ! ronchonna le génie.
Il n'y a même pas de place pour tousser. »

« Moi, je vis dans une théière, une confortable théière,
voyez-vous, expliqua monsieur Rigolo
qui, soudain, eut une merveilleuse idée.
Pour mon troisième vœu, je voudrais
que votre lampe devienne une maison. »

Et avant que tu puisses dire « Un maçon
pour ma maison », la lampe du génie
se transforma en maison.

Le génie sourit.

C'était un petit sourire, mais un sourire quand même.

« Ah ! Voilà qui est mieux ! s'exclama monsieur Rigolo.
Bon, maintenant, comment cet éléphant va-t-il faire
pour rentrer chez lui ? Je sais ! Je voudrais que... »

« Désolé, l'interrompit le génie. Vous avez déjà utilisé
vos trois vœux. »

Alors, monsieur Rigolo et l'éléphant durent
se serrer sur le tapis volant pour rentrer à la maison.
Il fallait les voir !

C'était si drôle, tellement drôle que...

... le génie éclata de rire !

RÉUNIS VITE LA COLLECTION ENTIÈRE

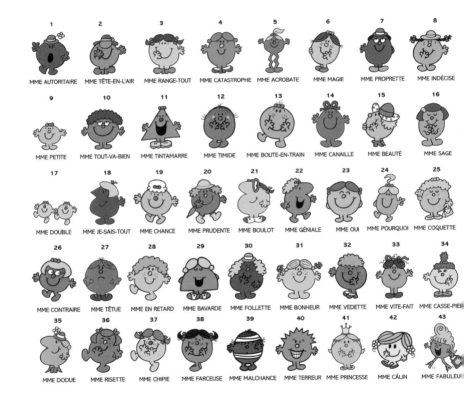

1 MME AUTORITAIRE
2 MME TÊTE-EN-L'AIR
3 MME RANGE-TOUT
4 MME CATASTROPHE
5 MME ACROBATE
6 MME MAGIE
7 MME PROPRETTE
8 MME INDÉCISE

9 MME PETITE
10 MME TOUT-VA-BIEN
11 MME TINTAMARRE
12 MME TIMIDE
13 MME BOUTE-EN-TRAIN
14 MME CANAILLE
15 MME BEAUTÉ
16 MME SAGE

17 MME DOUBLE
18 MME JE-SAIS-TOUT
19 MME CHANCE
20 MME PRUDENTE
21 MME BOULOT
22 MME GÉNIALE
23 MME OUI
24 MME POURQUOI
25 MME COQUETTE

26 MME CONTRAIRE
27 MME TÊTUE
28 MME EN RETARD
29 MME BAVARDE
30 MME FOLLETTE
31 MME BONHEUR
32 MME VEDETTE
33 MME VITE-FAIT
34 MME CASSE-PIED

35 MME DODUE
36 MME RISETTE
37 MME CHIPIE
38 MME FARCEUSE
39 MME MALCHANCE
40 MME TERREUR
41 MME PRINCESSE
42 MME CÂLIN
43 MME FABULEUSE

DES **MONSIEUR MADAME**

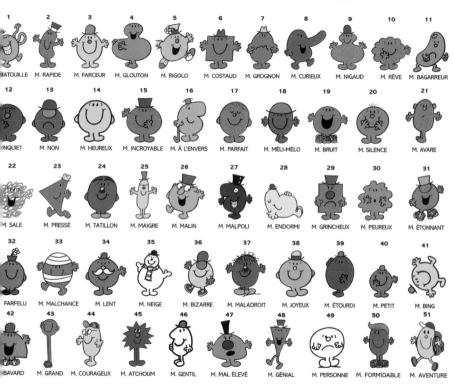

1	2	3	4	5	6	7	8	9	10	11
ATOUILLE	M. RAPIDE	M. FARCEUR	M. GLOUTON	M. RIGOLO	M. COSTAUD	M. GROGNON	M. CURIEUX	M. NIGAUD	M. RÊVE	M. BAGARREUR

12	13	14	15	16	17	18	19	20	21
NQUIET	M. NON	M. HEUREUX	M. INCROYABLE	M. À L'ENVERS	M. PARFAIT	M. MÉLI-MÉLO	M. BRUIT	M. SILENCE	M. AVARE

22	23	24	25	26	27	28	29	30	31
M. SALE	M. PRESSÉ	M. TATILLON	M. MAIGRE	M. MALIN	M. MALPOLI	M. ENDORMI	M. GRINCHEUX	M. PEUREUX	M. ÉTONNANT

32	33	34	35	36	37	38	39	40	41
FARFELU	M. MALCHANCE	M. LENT	M. NEIGE	M. BIZARRE	M. MALADROIT	M. JOYEUX	M. ÉTOURDI	M. PETIT	M. BING

42	43	44	45	46	47	48	49	50	51
BAVARD	M. GRAND	M. COURAGEUX	M. ATCHOUM	M. GENTIL	M. MAL ÉLEVÉ	M. GÉNIAL	M. PERSONNE	M. FORMIDABLE	M. AVENTURE

Traduction : Anne Marchand Kalicky.

Édité par Hachette Livre – 58 rue Jean Bleuzen, 92178 Vanves Cedex.
Dépôt légal : août 2014.
Loi n°49-956 du 16 juillet 1949 sur les publications destinées la jeunesse.
Achevé d'imprimer par Canale en Roumanie.